μ

MW00682708

Testi tratti da: *Zoo di storie e versi* di Gianni Rodari
© 1980 Maria Ferretti Rodari e Paola Rodari per il testo
© 2009 Edizioni EL, San Dorligo della Valle (Trieste)
© Christiane Schneider e Tabu Verlag Gmbh, München
per la grafica della copertina
ISBN 978-88-477-2486-0

www.edizioniel.com

di Gianni Rodari
illustrato da Anna Laura Cantone

Animali senza zoo

Edizioni E*L*

Gli elefanti equilibristi

L'anno scorso capitò dalle mie parti un circo equestre,
ricco di ogni genere di attrazioni.

Il piú bel numero dello spettacolo era il seguente:
quattro elefanti ne prendevano
un quinto con le loro proboscidi
e lo sollevavano in alto.

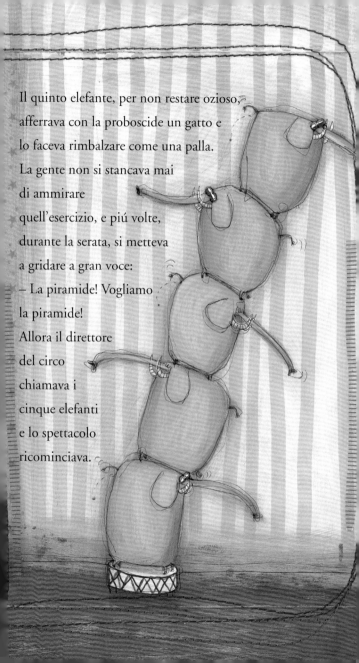

Il quinto elefante, per non restare ozioso,
afferrava con la proboscide un gatto e
lo faceva rimbalzare come una palla.
La gente non si stancava mai
di ammirare
quell'esercizio, e piú volte,
durante la serata, si metteva
a gridare a gran voce:
– La piramide! Vogliamo
la piramide!
Allora il direttore
del circo
chiamava i
cinque elefanti
e lo spettacolo
ricominciava.

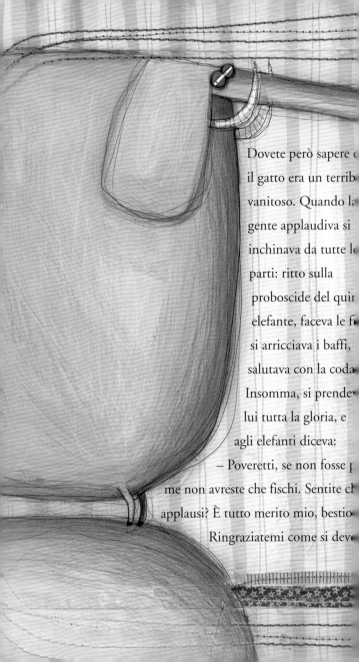

Dovete però sapere
il gatto era un terrib
vanitoso. Quando la
gente applaudiva si
inchinava da tutte le
parti: ritto sulla
proboscide del qui
elefante, faceva le f
si arricciava i baffi,
salutava con la coda
Insomma, si prende
lui tutta la gloria, e
agli elefanti diceva:
– Poveretti, se non fosse p
me non avreste che fischi. Sentite ch
applausi? È tutto merito mio, bestio
Ringraziatemi come si dev

Gli elefanti portavano pazienza e non gli rispondevano nemmeno. Una volta però il gatto pretese addirittura, al termine dell'esercizio, di fare un discorso al pubblico.

– Signore e signori, – cominciò a miagolare, – vi prego di scusare questi cinque zucconi buoni a nulla, che non sono capaci di farvi divertire. Per fortuna ci sono io e…
Ma non fece in tempo a finire il discorso, perché l'elefante che lo reggeva sulla proboscide, con una leggerissima spinta, lo mandò a ruzzolare sul palco della banda. Il gatto finì nella bocca di un trombone, tra le risate del pubblico. E, finito lo spettacolo, scappò dal circo senza nemmeno farsi dare la paga.

La corsa delle tartarughe

Le tartarughe vedevano sempre passare il
Giro d'Italia e alla fine venne anche a loro la voglia di
correre in bicicletta.

Difatti comperarono delle biciclette, con molti sforzi
imparono a suonare il campanello e a montare in sella
e, quanto al pedalare, ci misero un po' di piú, ma
alla fine ci riuscirono.

Figuratevi che festa, il giorno della
partenza! Una dozzina di tartarughe
– scelte per partecipare alla corsa – si
erano fatte dipingere la corazza a strisce
di tutti i colori, col numero e la marca
della bicicletta: Bianchetti, Legnetti
e piú ne hai piú ne metti.
Tutte le altre tartarughe si distesero lungo
il percorso, per fare il tifo. Una tartaruga
piú grossa delle altre fece la parte
dell'automobile della giuria, e sulla
sua schiena presero posto i giudici e
i giornalisti con gli occhiali neri.

Fu dato il segnale della partenza e i corridori cominciarono a correre, il piú piano possibile per non stancarsi.

L'automobile della giuria però non poté partire, perché la tartaruga autista si era bell'e addormentata. I giurati, troppo pigri per seguire la corsa con le loro gambe, la imitarono mettendosi ben presto a russare.

I corridori, fatti pochi passi, si dispersero nel bosco a cercare qualche mucchietto di foglie secche per riposare. Il pubblico, non vedendo arrivare la corsa, si stancò di aspettare e si addormentò.

Per farla breve, dieci minuti dopo il segnale di partenza dormivano tutti quanti. E non si seppe mai chi avesse vinto la corsa, perché al traguardo non arrivò nessuno. Povere tartarughe! Ma non somigliano a quei bambini che dicono «Farò questo, farò quello», e poi se ne dimenticano per la strada?

Topogrigio, Codaritta e Mezzobaffo

Il vecchio Topone, sentendosi vicino a
morire, chiamò attorno al letto i suoi figlioli:
Topogrigio, Codaritta e Mezzobaffo:
– Ragazzi, – sospirò Topo
aggiustandosi sulla panci
la borsa dell'acqua calda
– sto per morire e
voglio dividere tra v
i miei possedimen
A te, Topogrigio,
lascerò quella
bella forma
di cacio

parmigiano che sta nel negozio del Signor
Brambilla. A te, Codaritta, la scatola di
biscotti che la Signora Teresa ha dimenticato in anticamera.
E a te, Mezzobaffo, non ho proprio nulla da lasciare: hai
le tue unghiette e buoni dentini, potrai cavartela da solo.
Detto questo, sospirò più a lungo e si voltò con la faccia
contro il muro per non far vedere che piangeva.
Quando fu morto, i tre figlioli lo seppellirono in cantina,
dentro la sabbia dove si mettono a invecchiare le bottiglie.
«L'odore del vino – pensarono – gli terrà compagnia».
Concluso il funerale del padre, si salutarono e ciascuno
se ne andò per i fatti suoi.

Topogrigio si seppellí subito con la sua
famiglia nella forma di cacio parmigiano:
vi scavarono gallerie e saloni, scale e
stanze da letto.

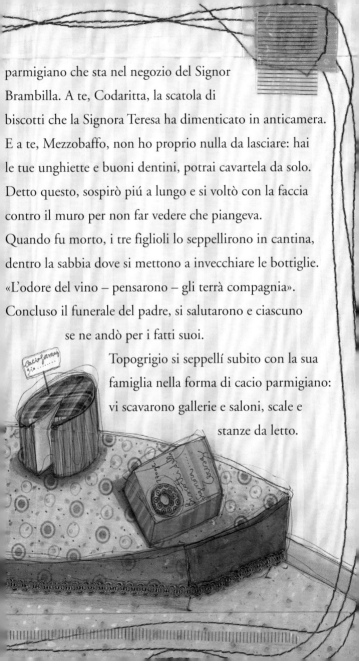

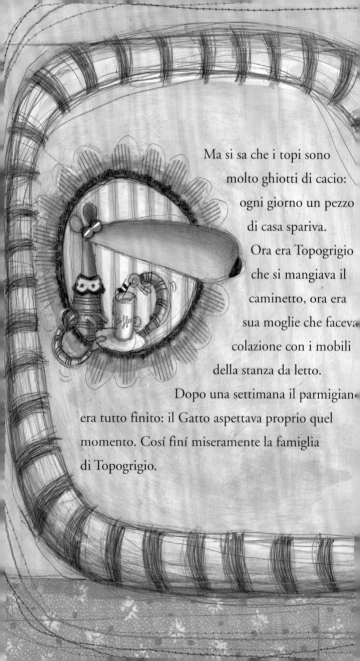

Ma si sa che i topi sono
molto ghiotti di cacio:
ogni giorno un pezzo
di casa spariva.
Ora era Topogrigio
che si mangiava il
caminetto, ora era
sua moglie che faceva
colazione con i mobili
della stanza da letto.
Dopo una settimana il parmigiano
era tutto finito: il Gatto aspettava proprio quel
momento. Cosí finí miseramente la famiglia
di Topogrigio.

Codaritta entrò nella sua scatola di biscotti e ingrassò tanto che non fu più capace di uscirne: il Gatto lo pescò fuori con una zampata, e buon appetito!

Mezzobaffo non aveva ricchezze da difendere: aveva soltanto i suoi dentini per cercarsi da mangiare.

E lavorando e faticando divenne tanto bravo e tanto furbo che il Gatto lo sta cercando ancora adesso, ma non riesce a trovarlo. Voi non diteglielo, per carità, se sapete dove sta!

Il cavallo ammaestrato

Un saltimbanco ammaestrò un cavallo alla perfezione. Gli aveva insegnato a scegliere tra le lettere dell'alfabeto, scritte su grossi cubi di legno, quelle che formavano il suo nome: Pègaso. Quando cominciava lo spettacolo, il saltimbanco domandava:

– Signor cavallo, comincia il ballo. Volete dirmi come vi chiamate?

E Pègaso, con sapienti colpi di zoccoli, sceglieva una dopo l'altra la P, la E, e cosí via, finché sei cubi in fila scrivevano a lettere rosse il suo nome squillante come un suono di tromba: PÈGASO.

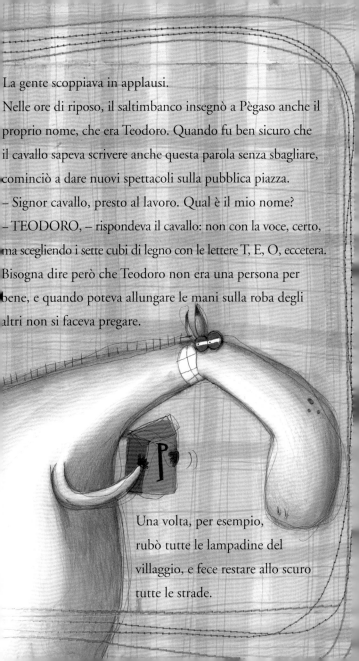

La gente scoppiava in applausi.

Nelle ore di riposo, il saltimbanco insegnò a Pègaso anche il proprio nome, che era Teodoro. Quando fu ben sicuro che il cavallo sapeva scrivere anche questa parola senza sbagliare, cominciò a dare nuovi spettacoli sulla pubblica piazza.

– Signor cavallo, presto al lavoro. Qual è il mio nome?

– TEODORO, – rispondeva il cavallo: non con la voce, certo, ma scegliendo i sette cubi di legno con le lettere T, E, O, eccetera.

Bisogna dire però che Teodoro non era una persona per bene, e quando poteva allungare le mani sulla roba degli altri non si faceva pregare.

Una volta, per esempio, rubò tutte le lampadine del villaggio, e fece restare allo scuro tutte le strade.

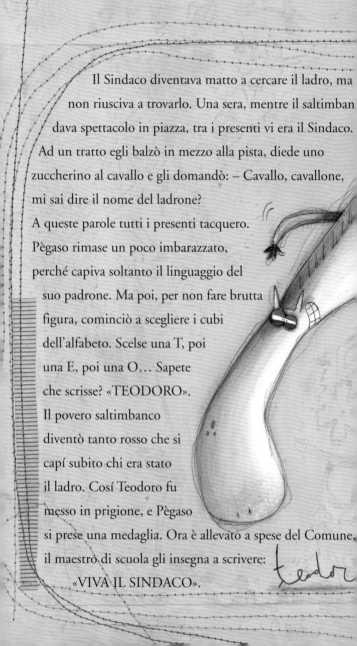

Il Sindaco diventava matto a cercare il ladro, ma
non riusciva a trovarlo. Una sera, mentre il saltimban
dava spettacolo in piazza, tra i presenti vi era il Sindaco.
Ad un tratto egli balzò in mezzo alla pista, diede uno
zuccherino al cavallo e gli domandò: – Cavallo, cavallone,
mi sai dire il nome del ladrone?
A queste parole tutti i presenti tacquero.
Pègaso rimase un poco imbarazzato,
perché capiva soltanto il linguaggio del
suo padrone. Ma poi, per non fare brutta
figura, cominciò a scegliere i cubi
dell'alfabeto. Scelse una T, poi
una E, poi una O… Sapete
che scrisse? «TEODORO».
Il povero saltimbanco
diventò tanto rosso che si
capí subito chi era stato
il ladro. Cosí Teodoro fu
messo in prigione, e Pègaso
si prese una medaglia. Ora è allevato a spese del Comune,
il maestro di scuola gli insegna a scrivere:
    «VIVA IL SINDACO».

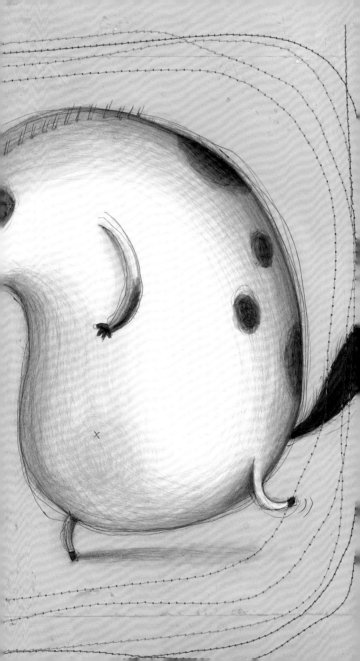

L'arabo e il cammello

Un mercante arabo possedeva un cammello con il
quale trasportava le sue mercanzie da un capo all'altro
del deserto. Questa è una favola dei tempi antichi, e
a quei tempi i cammelli sapevano ancora parlare.

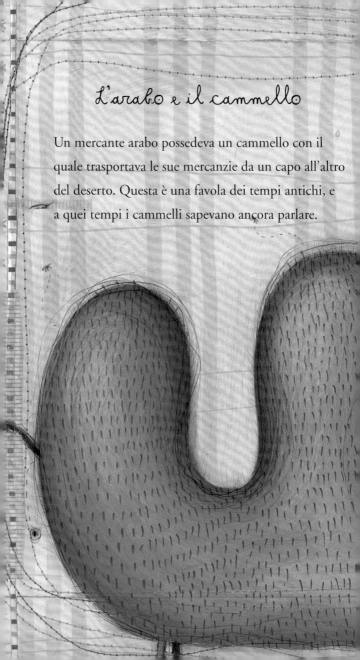

Disse un giorno il cammello al mercante:

– Padrone, ho lavorato per te tutta la vita. Non credi che abbia diritto ad un'onorata vecchiaia? Prenditi un altro cammello per i tuoi viaggi, e lasciami nella stalla a riposare.

Il mercante gli rise sul muso:

– Lavorerai fin che sarai capace di camminare. E quando ti fermerai, ti ucciderò.

Partirono per un lungo viaggio, e in mezzo
al deserto li sorprese una tempesta di sabbia.
Il cammello si accovacciò e il mercante si
riparò dietro il suo corpo. Rimasero cosí
due giorni e due notti. Quando la
tempesta cessò, il mercante disse:
– Presto, ripartiamo. Altrimenti il sole
ci ucciderà. Non abbiamo piú acqua.
– C'è ancora dell'acqua nella mia gola.
Tagliala e bevi, – disse il cammello.
Il mercante gli tagliò la
gola e bevve l'acqua.
Ripresero il viaggio,
ma il cammello era
assai stanco.
– Non sai piú camminare,
dovrò ucciderti, – disse il
mercante.
Il cammello non rispose.
Accelerò il passo, si mise addirittura a correre,

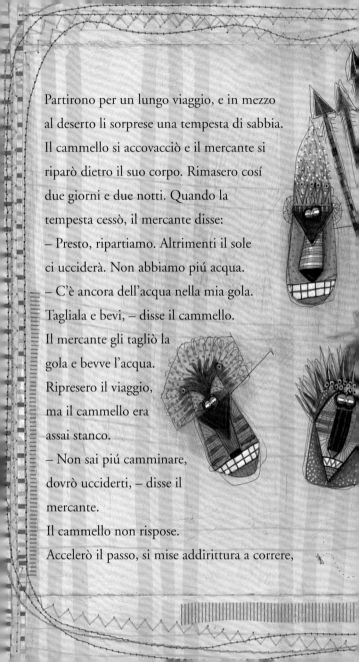

ma abbandonò la pista, e portò il suo padrone
in un'oasi selvaggia, dove viveva una tribú
crudele, che fece schiavo il mercante e
lo mise in catene.

– Mi hai tradito, – gridava il mercante
stringendo i pugni.

– Non aspettarti amore, quando semini
odio. Io ti ho salvato dalla morte e tu
avresti voluto uccidermi. Io volevo che tu
fossi mio fratello, e tu hai voluto essere solo
il mio padrone. Ora proverai
anche tu cosa significa
avere un padrone.
E si allontanò verso il
deserto, tutto solo.
Gli arabi raccontano
questa storia per
insegnare ai loro bambini ad
amare il cammello non come
una bestia, ma come un amico.

La volpe fotografa

Una volpe scoprí un bel giorno
che la sua vera vocazione era
quella di fare il fotografo
ambulante. Ve la sareste fatta
fare voi una fotografia
da quella astuta comare?
Io, francamente, no. Ed
ora vi spiego i motivi.
Dunque, con la sua
nuova macchina
munita di
treppiede e con
una bella mostra
di fotografie per
dimostrare la sua bravura,
ecco comare Volpe piazzarsi
nei paraggi di un grosso
pollaio. Le galline, dietro la
rete metallica, si sentivano al sicuro
e perciò si fecero piú vicine.

– Osservate che belle e artistiche fotografie! – comincia la Volpe.

– Questa la feci al gallo Codaverde, quando dovette mandare il suo ritratto alla fidanzata.

– Uh, bellissima! – esclamarono ammirate le gallinelle.

– Questa la feci ad una famiglia di conigli. Hanno voluto anche l'aureola dietro la testa, perché si tratta di una famiglia molto religiosa: ed io li ho accontentati. Con la mia macchina posso fotografare tutto quel che si vede, ed anche quello che non si vede!

Un paio di pollastrelle vanitose decisero allora di farsi fotografare

– Però vogliamo venire con uno strascico di piume…

– Certo, certo. È tutto gratis… Io sono un'artista, una benefattrice, non una commerciante.

Le pollastrelle, vinte dall'entusiasmo, escono gongolando dal pollaio e si mettono in posa.

La Volpe finge di guardare nella sua macchina:
ficca la testa sotto il panno nero, la ritira fuori,
sposta il treppiedi, mette a fuoco l'obiettivo:
– Piú vicine, prego, e sorridete. Guardate
quell'albero a destra. Pronte? Ferme, eh?
E quando furono abbastanza vicine
e ben ferme che parevano di
sasso, con
un balzo
fu loro
addosso e le
mangiò in un
solo boccone.
Poverette. Era
meglio se si
contentavano
di un
disegno fatto alla
buona, magari col
carbone.

L'orso bandito

Un orso faceva il bandito su per le montagne. Armato di trombone e pistole, aspettava al varco i passeggeri costretti ad attraversare la foresta e, dopo averli spogliati di ogni ricchezza, li ammazzava e li seppelliva nella neve per tenerli al fresco: poi, con calma, se li mangiava un po' alla volta.

Cosí era già riuscito a mettersi da parte una buona provvista di carne fresca. E sapete come faceva?

Quando vedeva venire avanti
qualcuno – supponiamo un paio
di coniglietti in viaggio di
nozze, su una carrozzella
tirata da quattro topi – l'orso si metteva
addosso un mantellaccio e fingeva di essere
un poverello che chiedeva l'elemosina.
Ma sotto il mantellaccio nascondeva
il trombone
e quando i
coniglietti, impietositi, si
fermavano e mettevano
mano alla borsa,
il falso mendicante
ridiventava un
feroce bandito.

A lungo andare la cosa cominciò a diventare scandalosa: nessuno poteva piú azzardarsi ad attraversare il bosco. Finché quattro famosi cani poliziotti si misero in testa di prenderlo e farla finita con le sue bravate. Un bel giorno l'orso vede venire avanti per il sentiero quattro ciechi con gli occhi bendati, guidati da un porcospino.

– Dove li porti quei poveri ciechini? – domandò l'orso tutto contento, mentre nascondeva il trombone sotto il mantellaccio.

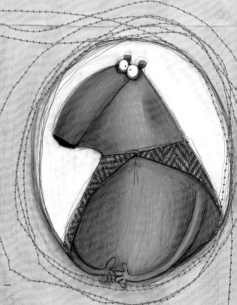

– Li porto dal dottore a farsi visitare, – rispose il porcospino.

– Se vi interessa, sono un po' dottore anch'io: ho studiato da giovane in città. Me li fai guardare da vicino?

– E come no? Vieni pure, ti saranno riconoscenti!

L'orso, senza alcun sospetto, anzi già pregustando il facile colpo, si avvicina sornione.

Ma i quattro cani poliziotti (perché erano proprio loro) gettano le bende, tirano fuori le catene e ti legano messer orso come una mortadella di Bologna.

E cosí legato lo condussero in prigione. A furbo, furbo e mezzo!

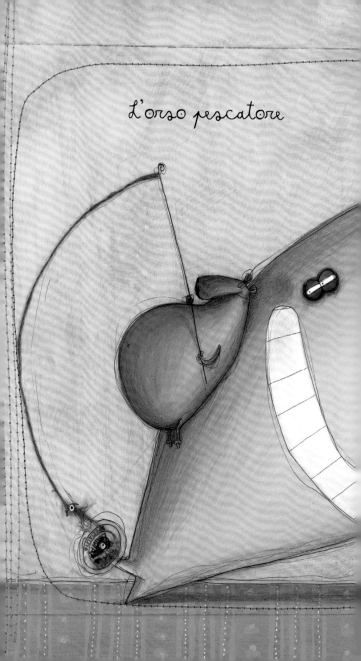

L'orso pescatore

Un orso che viveva di caccia e di pesca nella foresta, andò a pescare in riva a un fiume. Infilò il verme sull'amo, gettò la lenza, accese la pipa e si appisolò, aspettando che il pesce abboccasse.

Il sole era caldo, il venticello era fresco, il fiume mormorava una lenta ninna nanna: il pisolino dell'orso diventò un sonno cosí profondo che il pescatore dormiglione non si sarebbe svegliato nemmeno se una balena avesse abboccato all'amo.

Passarono di lí due cacciatori e non fecero fatica a catturarlo con le loro reti. E come se la ridevano: – Sei andato a pescare e sei stato pescato!

L'orso ci restò male, ma ormai era in gabbia. I due cacciatori
pensarono di guadagnarsi la vita mostrandolo sulle piazze.
– Venite a vedere, signori e signore, quant'è bravo l'orso
pescatore! – Cosí gridavano. E quando avevano radunato
una folla di curiosi, mettevano davanti all'orso un vasetto
di pesci rossi, e gli ordinavano: – Pesca!
L'orso gettava la lenza nel vasetto, ma il pesce rosso non
abboccava. Alle smorfie del povero pescatore, la gente
voleva morir dal ridere.
Una volta l'orso e i suoi due padroni passavano un fiume
su un ponticello. Con la piena il ponte crollò e i due
cacciatori, caduti in acqua, stavano affogando.
– Salvaci, salvaci! – gridavano i due poveretti all'orso,
che con quattro zampate aveva raggiunto la riva.
– No, questa volta non voglio pescare nessuno, – rispose
l'orso. E se ne andò per i fatti suoi, giurando di non far
piú il pescatore.
E i due cacciatori? Non annegarono, perché piú a valle
l'acqua era bassa: ma l'orso non l'hanno
ancora rivisto.

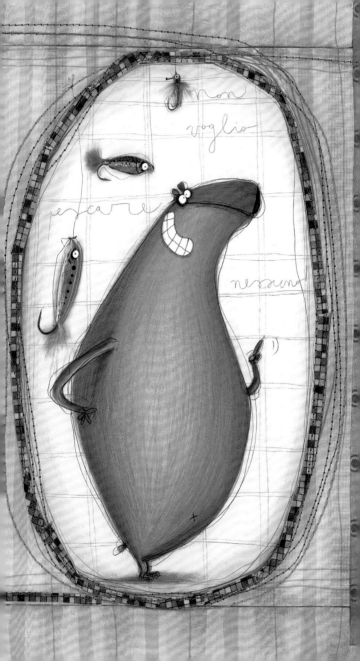

La volpe e la coda

Tutti in piazza, tutti in piazza! È arrivat
Comare Volpe, la sarta
internazionale, con
i piú ricchi modelli
di stagione! Ci sono
tutte, guardate, le comarelle
ansiose di farsi belle: madama
Coniglia, la sora Micia con le sue
figliole, che si fanno
grandine e sono
ambiziosette,
poi la Lepre
l'Orso,
la Marmotta,
il Riccio.

Comare Volpe, issata sopra un tavolino, mostrava i suoi
modelli, disegnati su grandi quadri a colori:
– Osservate, – diceva,
mostrando le pitture che
rappresentavano
uomini e
donne
di città
(e mica
animali,
ma proprio cittadini
come te e come me).
– Osservate: qual è
la grande novità

di quest'anno?
Eccola: la coda è passata di moda.

Gli uomini, che la sanno lunga, hanno cessato di portarla da un pezzo. Ed anche le loro signore non portano mica la coda, guardate. Soltanto voi, o scioccherelli e paesanacci, siete rimasti ai tempi che Berta filava.

Se volete andare alla moda, dovete farvi mozzare la coda. I sarti di Parigi l'han decretato, i sarti di Torino l'han confermato, e chi porta ancor la coda è un trapassato!

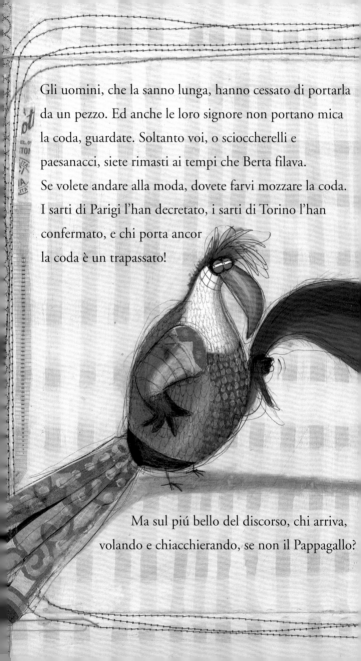

Ma sul piú bello del discorso, chi arriva, volando e chiacchierando, se non il Pappagallo?

Lui in persona. E nel becco
aveva una tagliola. E nella tagliola c'era…
– Madama Volpe, non è la vostra coda?
La grande sarta diventò rossa come un falò: difatti,
era proprio la sua coda, e lei l'aveva lasciata nella
tagliola per non restar lí ad aspettare le bastonate del
contadino.
Figuratevi la gente, in piazza. Giú tutti a ridere come
una cascata di riso: – Ah, ecco perché dicevi che la
moda della coda è passata…

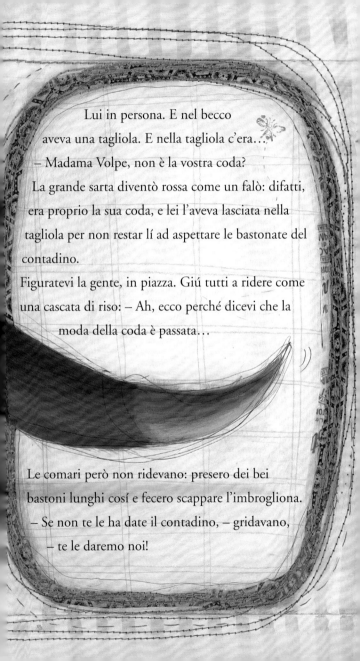

Le comari però non ridevano: presero dei bei
bastoni lunghi cosí e fecero scappare l'imbrogliona.
– Se non te le ha date il contadino, – gridavano,
– te le daremo noi!

Finito di stampare
per conto delle Edizioni EL da
Gruppo Editoriale Zanardi S.r.l., Maniago (Pn)

Ristampa   Anno

1   2   3   4   2010   2011   2012